글 · 그림 바바 노보루
바바 노보루 선생님은 1927년 일본 아오모리현에서 태어났습니다.
처음에는 만화가로 출발하셨습니다. 훈훈함 가득한 삽화, 깊은 맛이 살아 있는 유머, 그리고 독특한 이야기 전개로 일본에서는 어린이들에게 인기가 많은 작가입니다. 〈11마리 고양이 시리즈〉로 산케이 아동출판 문화상과 문예춘추 만화상을 수상하셨습니다. 이 외에도 〈11마리 고양이의 마라톤대회〉라는 그림책으로 이탈리아 볼로냐 국제아동 도서전 엘바상을 받으셨습니다.

옮김 이장선
이장선 선생님은 현재 출판사에 근무하며, 어린이 책의 해외 기획과 번역을 하고 계십니다.
번역한 그림책으로는 〈손뼉은 짝짝〉, 〈고구마 방귀 뿡〉, 〈어른이 된다는 건〉, 〈1학년 1반 시리즈〉 등이 있습니다.

11마리 고양이와 별난 고양이

글·그림 바바 노보루 | 옮김 이장선

11마리 고양이가 냇가로 물고기를 잡으러 갔습니다.

꿈소담이

오늘 저녁은 낚시로 물고기를 잡아먹기로 했습니다.
"앗, 아주 큰놈이 걸린 것 같아."

"와, 나도 잡았어!"

"어? 야옹."

대장 고양이는 놓치고 만 모양입니다.

그 때 누군가가 다리를 건너오고 있었습니다.
한 번도 본 적이 없는 물방울 무늬의 고양이입니다.

"별난 모양이군……."

"이상한 고양이야……."

자, 지금부터 11마리 고양이의 식사 시간입니다.
큰 냄비에 잡은 물고기를 넣고 부글부글 끓입니다.
"빨리 파를 다져 넣어."
"고춧가루는 6숟가락."
"설탕도 조금 넣고."
야옹 야옹.

"음, 맛있는 냄새."
보글보글 보글보글.
지글지글 지글지글.

"아까 그 물방울 녀석이 쳐다보고 있는데?"
"먹고 싶은가 봐……."
"안 돼, 이상한 녀석에게는 나눠 줄 수 없어."

어? 그런데 물방울 고양이는
어딘가로 사라지고 없습니다.

그 다음 날.

또 물방울 고양이가 나타났습니다.

무엇을 하고 있나 했더니, 나뭇잎을 줍고 있습니다.

"나뭇잎을 주워다가 뭐 하려고 하는 걸까?"

"정말 이상한 고양이잖아……."

"저 녀석 도대체 뭐 하는 녀석일까?"

11마리 고양이는 살그머니 뒤를 따라가 보았습니다.

물방울 고양이는 들판을 지나 언덕을 향해

총총걸음으로 걸어가고 있었습니다.

언덕 저편 풀숲에 이상한 집이 있었습니다.
"음, 저곳에 사는 녀석인가?"
"꽤 지저분하고 이상한 모양의 집인 것
같은데……."

갑자기 물방울 고양이가 이상한 행동을
하기 시작했습니다.
집의 더러운 곳에 나뭇잎을 다닥다닥
붙이는 것이었습니다.
"나뭇잎으로 감추려나 봐."
"왠지 재미있어 보이는데?"
"응, 재미있을 것 같아……."
물방울 고양이가 흘끗
이쪽을 쳐다보았습니다.

"얘들아, 물방울 고양이를 돕지 않을래?"
"좋아!"

"나뭇잎을 한 아름 모아서."
"착착 붙이자, 붙이자."
다닥다닥 다닥다닥.
"이쪽에도 풀 좀 빌려 줘."
"어, 알았어."
다닥다닥 다닥다닥.

물방울 고양이는 매우 기뻤습니다.
"우와~ 착한 친구들아, 고마워."
너무 기쁜 나머지 물방울 고양이의 무늬색이
분홍색으로 변했습니다.

다닥다닥 야옹야옹. 다닥다닥 야옹야옹.
"이야! 얘들아, 이제 거의 나뭇잎 집이 완성되었어."
"이거 재밌있는데? 더 하고 싶다."

"어? 물고기를 말리고 있네?"
"……"

다음 날 아침이 되었습니다.
물방울 고양이가 냇가에서 이상한 행동을 하고 있었습니다.

"한참 동안 물속에서 안 나오고 있어."
"저것 봐, 물속을 걸으면서 물고기를 잡고 있어."

드디어 물방울 고양이가 물속에서 나왔습니다.
"어이, 좋은 친구들! 물고기 많이 먹어."

"우와!"
11마리 고양이는 깜짝 놀랐지만,
기쁨의 환호성을 질렀습니다.
와 와, 야옹 야옹.
큰 냄비에 물고기를 넣었습니다.

"큰 냄비로 한가득, 산처럼 쌓였네."

"물방울 친구, 진짜 멋지구나."

"물방울 친구, 이상한 고양이가 아니었어."

"좋은 친구, 착한 친구."

"아주 좋은 친구."

"어? 냄비 뚜껑이다. 나 이거 갖고 싶은데……."
물방울 고양이가 이상한 말을 꺼냈습니다.

"뭐? 냄비 뚜껑을?"
"응. 실은 나…… 별나라 고양이야.
하늘을 나는 배를 타고 온 거야.
그런데 배 문이 고장나서 날 수가 없게 되었어.
냄비 뚜껑이 문 대신 딱 맞을 것 같아.
그걸 내게 주면 안 될까?"

고양이들은 어리둥절했습니다.
"물방울 고양이가 우주 고양이?!"
"그럼 그 나뭇잎 집은 하늘을 나는 배?!"
와글와글 야옹 야옹.
시끌시끌 야옹 야옹.

대장 고양이가 엄숙하게 말을 시작했습니다.
"으흠. 이 뚜껑은 아주 중요한 물건이야.
그래서 그냥 줄 수 없어."

"그러니까 얘들아, 물방울 고양이가
물고기를 많이 잡아 주면 주는 것이 어때?"
"그러면 좋겠어."
"찬성!"
"아, 너희는 좋은 친구들이야."

물방울 고양이는 계속해서 냇가에서 물고기를 잡아왔습니다.
고양이들은 신이 나서 물고기를 말렸습니다.
물고기는 점점 늘어갔습니다.

"우와, 이제 셀 수도 없을 정도로 많아."

"으흠, 물방울 고양이야, 마지막으로 한 판만 더 부탁하자."

"응, 응. 알았어."

11마리 고양이는 모두 싱글벙글 싱글벙글.
물방울 고양이는 드디어 바라던 냄비 뚜껑을 얻게 되었습니다.

"우와, 문에 딱 맞아! 이제 날 수 있겠어!"
물방울 고양이의 동그란 무늬가 반짝반짝 노랗게 빛났습니다.
"냄비 뚜껑이 도움이 되어 정말 기뻐."
"정말로 잘됐다."
"물방울 친구, 그럼 벌써 떠나려고?"

"응. 내일 밤, 작은 곰별자리가 반짝이면 떠날 거야."
"정말 저 나뭇잎 배가 날 수 있을까?"
"만약 날게 되면 우주 여행 한번 해 보고 싶다. 그렇지?"
"응, 정말 가 보고 싶어."
야옹 야옹.

다음 날 저녁.
11마리 고양이는 살그머니 나뭇잎 배로 다가왔습니다.

때마침 물방울 고양이는 보이지 않았습니다.
"좋아, 이때 살짝 숨어들자."
"물방울 친구가 오기 전에 빨리!"
고양이들의 가방에는 말린 물고기가 가득 가득 들어 있었습니다.

그것은 하늘 위에서 먹을 모두의 우주 여행용 식사였습니다.
"문 닫아."
"모두 조용히 하고 있어야 해."
대장 고양이가 말했습니다.

펑!

반짝 반짝 반짝 반짝.

별안간 나뭇잎 배 주변에

별이 반짝이기 시작했습니다.

반짝 반짝 반짝 반짝.

"와! 불꽃놀이다!"
"와, 물방울 고양이가 터뜨리고 있어."
반짝 반짝 반짝 반짝.
반짝 반짝 반짝 반짝.

"어이, 친구들. 이것은 별나라의 별왕 불꽃놀이라는 거야.

이 놀이 하고 싶은 사람?"

"우와아!"

11마리 고양이들은 모두 뛰어 나왔습니다.

"그럼 너희 모두, 나란히 줄을 서 봐.
자, 모두 하늘을 향해 발사!"
펑 펑 펑. 반짝 반짝 반짝 반짝.
"우와!"
"우와!"

마치 벌써 우주 속에 와 있는 것 같았습니다.
반짝 반짝 반짝 반짝.
반짝 반짝 반짝 반짝.
반짝 반짝 반짝 반짝.
반짝 반짝 반짝 반짝.

'아차!' 하고 정신을 차리니 나뭇잎 배는
이미 가볍게 둥실 떠오르고 있었습니다.
"어이, 좋은 친구들. 물고기 선물 고마워!
잘 먹을게. 안녕!"
두둥실 두둥실……

11마리 고양이는 멍하니 하늘만 바라봅니다.
아아, 나뭇잎 배는 별이 가득한
밤하늘 저편으로 날아가고 있습니다.
날아가고 있습니다.

11마리 고양이와 별난 고양이

펴낸날 | 2006년 6월 20일 초판 1쇄 · 2017년 12월 20일 초판 10쇄

글 | 바바 노보루 옮김 | 이장선 펴낸이 | 김숙희 펴낸곳 | (주)꿈소담이
주소 | (우)02834 서울특별시 성북구 성북로8길 29 B1 등록번호 | 제6-473호(2002. 9. 3)
전화 | 02-747-8970 팩스 | 02-747-3238 홈페이지 | http://www.dreamsodam.co.kr